ISABELLE RIMBAUD

MON FRÈRE ARTHUR

PARIS

CAMILLE BLOCH, ÉDITEUR

366, Rue Saint-Honoré

1920

MON
FRÈRE ARTHUR

ISABELLE RIMBAUD

—

MON FRÈRE ARTHUR

PARIS

CAMILLE BLOCH, ÉDITEUR

366, Rue Saint-Honoré

—

1920

JE l'ai vu ici, venu dans notre maison pour la dernière fois. Inoubliables journées, veilles et nuits qui ne reviendront plus jamais, jamais, jamais !

J'ai soutenu son corps chancelant. J'ai porté dans mes bras ce corps souffrant et défaillant. J'ai guidé ses sorties, j'ai surveillé chacun de ses pas ; je l'ai conduit et accompagné partout où il a voulu ; je l'ai aidé toujours à rentrer, à monter, à descendre ; j'ai écarté de son unique pied l'embûche et l'obstacle.

J'ai préparé son siège, son lit, sa table. Bouchée à bouchée, je lui ai fait prendre quelque nourriture. J'ai mis à ses lèvres les coupes de boisson, afin qu'il se désaltérât.

J'ai suivi attentivement la marche des heures, des minutes. A l'instant précis, chacune des potions ordonnées lui a été par moi présentée : combien de fois par jour ! J'ai employé les journées à essayer de le distraire de ses pensées, de ses peines. J'ai passé les nuits à son chevet : j'aurais voulu l'en-

dormir en faisant de la musique,
mais la musique pleurait toujours. Il m'a demandé d'aller,
en pleine nuit, cueillir le pavot
assoupissant, et j'y suis allée.
J'avais peur, seule, loin de lui.
Dans les ténèbres, je me suis
hâtée ; puis j'ai préparé les
breuvages calmants, qu'il a
bus... Et les veilles recommen-
çaient, durant jusqu'au matin ;
et quand il se mettait à dormir,
je restais encore près de lui à
le regarder, à l'aimer, à prier,
à pleurer. Si je m'en allais, à
l'aurore, sans bruit pourtant,

il se réveillait aussitôt et sa voix, sa chère voix, me rappelait. Et je réaccourais tout de suite près de lui, heureuse de pouvoir le servir encore.

Que de fois, au cours des matinées, quand enfin il goûtait quelque repos, je suis restée des heures, l'oreille collée contre sa porte, épiant son appel, épiant son souffle !

Nulles mains que les miennes ne l'ont soigné, ne l'ont touché, ne l'ont habillé, ne l'ont aidé à souffrir. Jamais mère n'a pu res-

sentir une plus vive sollicitude
envers son enfant malade... Il
me parlait du pays qu'il venait
de quitter ; il me racontait ses
travaux. Il rappelait mille sou-
venirs aussi du passé, du bonheur perdu ; et ses larmes se met-
taient à couler, amères, abon-
dantes. J'essayais de calmer son
chagrin ; mais je ne le pouvais,
sachant bien moi-même que
jamais plus la vie ne lui souri-
rait ; et, impuissante à le conso-
ler, regardant, muette, tomber
ses pleurs, je voyais en même
temps se creuser, chaque jour

15

davantage, ses joues pâles et s'altérer son admirable visage.

Il me demandait souvent en place de qui, lui si bon, si charitable, si droit, pouvait bien endurer tous ces maux atroces. Je ne savais quoi lui répondre. J'avais peur, et j'ai peur encore, que ce ne fût en ma propre place.

Hélas !

Je l'ai aidé à mourir, et lui, avant de me quitter, il a voulu m'enseigner le vrai bonheur de la vie. Il m'a, en mourant, aidée à vivre.

II

L^{A-BAS}, par delà les mers, dans les montagnes de l'Ethiopie, sous le soleil torride, par le vent brûlant qui dessèche les os et altère les moelles, que de fatigues il a endurées ! Nul Européen n'a essayé jamais avant lui d'accomplir les travaux auxquels il s'est astreint. Que d'efforts incessants ! Que de marches !

Oh ! ce fatal voyage de Tadjourah au Choa et en Abyssinie. Quel souffle mauvais a-t-il respiré dans ces funestes régions ? Quel ange malin l'y

avait donc conduit ? Pendant
plus d'une année, oui, pendant
plus d'une année, il a subi là,
en son corps comme en son
esprit, toutes les épreuves, tous
les ennuis possibles. Et, en retour, quelle compensation ? Ce
furent tous les désenchante-
ments : un complet désastre.

La maladie avait rôdé autour
de lui. Tel un reptile veni-
meux, elle l'avait enlacé, et,
peu à peu, insensiblement mais
sûrement, elle devait le con-
duire, sans qu'il s'en fût aperçu,
à la catastrophe finale.

— Allons, courage ! Tu n'as pas été heureux auprès du roi : eh ! bien, redouble d'efforts, multiplie tes facultés, sors des voies ordinaires. N'as-tu pas le don d'intelligence, le don de force ? Non pas l'intelligence et la force du commun des hommes, oh ! non. Il y a en toi un génie exceptionnel. L'étincelle divine départie à chacun de nous est dans ton âme un foyer incandescent, une lumière éblouissante qui pénètre tout, partout. Et ce qui fait ta force, c'est la volonté

puissante et hardie à laquelle
tu soumets tes muscles et ta
pensée, sans écouter leurs
plaintes ni leur besoin de repos. Travaille, toi qui as déjà
tant travaillé ; instruis-toi, toi
qui es une encyclopédie vi-
vante ! Après les journées ha-
rassantes, passe une partie des
nuits à étudier les multiples
idiomes africains, toi qui parles
couramment toutes les langues
d'Europe! Ne trouve aucun goût
au boire, au manger, à tous les
plaisirs dont se repaissent les
autres blancs ! Prends bien

garde ! Mène une vie ascéti-
que!... Quelques minutes suffi-
sent pour tes repas, et, pendant
onze années, tu ne te désaltères
que d'eau. Quand tu réunis
des amis, c'est uniquement
pour causer avec eux d'affaires,
de nouvelles les intéressant
tous. Un peu de musique parfois, beaucoup de lumières ;
mais toujours, et gouvernant
tout, ta conversation incom-
parable, qui sait par soi seule
éclairer, égayer, charmer ceux
qui ont l'honneur d'être admis
chez toi. La pureté de tes

mœurs est devenue légendaire.
Jamais aucun être de luxure
n'a franchi ton seuil et tes pieds
jamais n'ont pénétré dans un
lieu de joie... Sois bon, sois
généreux !... Ta bienfaisance
est connue, au loin même. Cent
yeux guettent tes sorties quo-
tidiennes. A chaque détour de
chemin, derrière chaque buis-
son, au versant de chaque col-
line, tu rencontres des pauvres.
Dieu, quelle légion de malheu-
reux ! Donne à celui-ci ton
paletot, à celui-là ton gilet.
Tes chaussettes, tes souliers

sont pour ce boiteux aux pieds
ensanglantés. En voici d'autres!
Distribue-leur toute la monnaie
que tu as sur toi, thalaris,
piastres, roupies. Pour ce vieux
grelotteux, n'as-tu plus rien ?
Si. Donne ta propre chemise.
Et quand tu seras nu, si tu
rencontres encore des pauvres,
tu les ramèneras à ta maison
et tu leur distribueras les ali-
ments de ton repas. Bref, tu
te déposséderas de tout super-
flu et même du bien-être pour
venir en aide à tous ceux qui,
sur ton passage, ont faim ou

froid... Pour toi-même, sois strictement économe ! Point de dépenses inutiles, pas de luxe surtout. Qui a construit, fabriqué les meubles de ton logis ? C'est toi. Tu possèdes donc aussi le secret des artisans ? De même, tu connais l'art du cultivateur : tu a mis en terre des semences d'Europe, et dans tes jardins de caféiers, parmi tes plants de bananiers, s'entremêlent, vigoureux, magnifiques, les légumes les plus exquis des potagers d'Occident. C'est que

26

ton industrie, ton travail, sont féconds dans tous les sens... Quel est ce jeune indigène qui vaque aux soins divers de la maison, de la cour et des magasins ? C'est ton serviteur fidèle, celui qui, depuis huit ans, te vénère et te chérit en t'obéissant. C'est Djami.

O mon aimé, qui pourrait te haïr ? Tu es la bonté, la charité mêmes. La probité et la justice sont de ton essence. Et puis, il y a en toi un charme indéfinissable. Tu répands autour de toi je ne sais quelle atmosphère de bonheur. Partout où tu passes on respire un parfum délicieux, subtil, pénétrant. Quels talismans portes-tu ? Es-tu magicien ? Quels secrets moyens emploies-tu pour conquérir ainsi les cœurs et les volontés ? Quelles ailes puissantes t'es-tu créées pour planer comme tu le fais au-dessus de tous ?... Mais, quelles folies dis-je là ? Tu es bon, voilà toute ta magie, ô cher être prédestiné !... Es-tu heureux, au moins ? Non. Le pays de tes rêves n'est pas sur cette

terre. Tu as parcouru le monde
sans trouver le séjour corres-
pondant à ton idéal. Il y a dans
ton âme et dans ton esprit des
perspectives et des aspirations
plus merveilleuses que ce que
peuvent offrir les contrées les
plus séduisantes d'ici-bas.

Mais on s'attache malgré soi
au pays où l'on a le plus peiné,
le plus souffert, tout en y faisant le bien. C'est pourquoi
Aden, Harar sont deux noms
désormais inscrits dans ton
cœur. Ils auront tué ton corps.
Qu'importe ? Ton souvenir y

voudra rester jusqu'au-delà de la mort.

Aden, roc calciné par un soleil perpétuel ; Aden, où la rosée du ciel ne descend qu'une fois en quatre ans ; Aden, où ne croît pas un brin d'herbe, où l'on ne rencontre pas un ombrage ; Aden, l'étuve où les cerveaux bouillent dans les crânes qui éclatent, où les corps se dessèchent... Oh ! pourquoi l'as-tu aimé cet Aden, aimé jusqu'au désir d'y avoir ton tombeau ?

Harar, prolongement des

montagnes abyssines : fraîches collines, vallées fertiles ; climat tempéré, printemps perpétuel, mais aussi vents secs et traîtres, pénétrant jusqu'à la moelle des os... L'as-tu assez exploré, ton Harar ? Y a-t-il dans toute la région un coin qui te soit inconnu ? A pied, à cheval, à mulet, tu es allé partout... Oh ! les cavalcades insensées à travers les montagnes et les plaines ! Quelle fête de se sentir emporté vite comme le vent parmi des déserts de verdures ou de rocs ;

de parcourir, plus vif qu'un faune, les sentiers des forêts ; d'effleurer légèrement, comme un sylphe, le sol mouvant des marais !... Et tes marches intrépides, défiant les indigènes en hardiesse, en souplesse, en agilité... Quelle joie de s'élancer front découvert, à peine vêtu, dans des vallées aux luxuriantes végétations ; de gravir des montagnes inaccessibles ! Quelle fierté de pouvoir se dire : « Moi seul ai pu monter jusqu'ici, nuls pieds que les miens n'ont foulé ce sol jusqu'à présent inexploré » ! Quel bonheur, quel délice de se sentir libre, de parcourir sans entraves, par le soleil, par le vent, par la pluie, les monts, les vaux, bois, rivières, déserts et mers !...

O pieds voyageurs, retrouverais-je vos empreintes dans le sable ou sur la pierre ?...

Retrouverais-je surtout les traces de ces travaux exécutés avec un courage inouï ? Les innombrables charges de café, les masses précieuses d'ivoire, et ces parfums si pénétrants

d'encens, de musc, et les gom-
mes, et les ors, — tout cela
acheté sur d'immenses éten-
dues de pays, après des courses
épuisantes ou des chevauchées
qui brisent les membres. Et ce
n'est rien que d'acheter. Quand
les naturels ont livré leurs
produits, ne faut-il pas les peser,
les soumettre à diverses pré-
parations, les emballer soi-
gneusement pour les expédier
par caravanes à la côte, où ils
n'arrivent au complet et en bon
état qu'au prix de mille soins,
de mille soucis et de mortelles

34

angoisses ? Ce que deux bras,
énergiques comme jamais ne
le furent d'autres bras, ont fait
sans se décourager ni se reposer, au cours de onze années,
qui pourrait l'énumérer ? Qui
pourrait expliquer les ingénieu-
ses combinaisons de ce cerveau
plus complet que nul autre ?
Puis, que d'ennuis, que de
tourments au milieu des nègres
fainéants et obtus ! Que d'in-
quiétudes durant les longs
jours que mettent les caravanes
à traverser le désert ! Les cha-
meaux et les mulets de charge,

portant une fortune, sont con-
fiés à la garde et à la direction
de l'Arabe entrepreneur de
transports. Mille périls guettent
dans les solitudes de la route.
Outre les pluies et les vents,
ce sont les bêtes fauves, lions,
panthères ; ce sont surtout les
Bédouins, tribus errantes et
malfaisantes, les Dankalis, les
Somalis... Et, tandis que la
caravane s'avance lentement
vers la mer, le maître, le négo-
ciant, resté à sa factorerie pour
opérer de nouvelles transac-
tions et réunir les éléments

d'un nouveau convoi, songe sans cesse avec terreur que le fruit de son labeur de géant est, à chaque minute des jours et des nuits, exposé à être perdu sans recours. Il sent sa cervelle se contracter d'angoisse, et la fièvre parcourt son corps. Nuit à nuit, ses cheveux blanchissent. Il suppute le chemin parcouru et celui qui reste à parcourir, tandis que l'inquiétude le dévore. Et ce supplice durera un long mois, temps pour le moins nécessaire à l'aller et retour de l'expédition.

Durant ces transports aventureux, la plupart des négociants ont subi des pertes, souvent considérables. Argent, marchandises, parfois même serviteurs et bêtes de somme, devenaient le butin des maraudeurs du désert. Mon bien aimé frère, lui, n'a jamais rien perdu ; il est sorti victorieux de toutes les difficultés. C'est que la plus heureuse audace présidait à ses entreprises qui, toutes, réussissaient au delà de ses espérances ; c'est que sa réputation de bienfaisance s'était répandue de montagne à montagne, si bien qu'au lieu de s'emparer des richesses de celui qu'ils nomment « le Juste », « le Saint », les nomades Bédouins se concertaient pour protéger chacune de ses caravanes.

L'or s'amasse ; la fortune vient, elle est arrivée. L'avenir est sûr. L'ennemi, c'est-à-dire la pauvreté, les besognes maussades, la solitude et l'ennui, l'ennemi est vaincu. Il n'y a plus qu'à étendre la main pour

cueillir la palme, la récompense
de tant de surhumains efforts...

III

ETENDU pour toujours, souffrant sans répit sur son lit de douleur le plus atroce martyre, du fond de sa petite chambre d'hôpital assombrie par le voisinage de la galerie de pierre et des platanes touffus, que d'enseignements il m'a donnés! En quatre mois, il m'a plus appris que d'autres en trente années. Je lui dois de savoir aujourd'hui ce que c'est que le monde et la vie, le bonheur et le malheur. Je vois ce qu'est vivre, ce qu'est souffrir, ce qu'est mourir. Je connais aussi

ce délice qu'on nomme le dé-
vouement, et, par-dessus tout,
j'ai senti l'ineffable allégresse
d'aimer absolument un être de
mon sang et sacré, — oh ! la
tendresse fraternelle d'essence
pure et divine ! — de l'aimer
dans la joie, dans l'épreuve,
dans le malheur, m'élançant
d'esprit et de cœur vers lui ;
de l'aimer dans la souffrance
et la maladie, en ne le quittant
plus ; de l'aimer dans l'agonie
et dans la mort, en l'assistant
sans faiblir, et par delà la mort,
en exécutant sa volonté, ses

simples recommandations, et,
si Dieu voulait, en mourant
peu après lui, de la même mort
que la sienne, pour aller dormir là-bas, près de lui, et ras-
surer ainsi son âme inquiète
qui a craint que sur cette terre
je ne l'oublie (1).

L'oublier, moi ! Pourrais-je
oublier mon bonheur, oublier
celui qui a fait naître mon

---

(1) Isabelle Rimbaud est morte en
effet de la même maladie qu'Arthur,
et ses restes, en ce moment au Père-
Lachaise, iront rejoindre ceux de son
frère dans le caveau familial du cime-
tière de Charleville. (Note de P. B.)

45

âme à une vie divine ? Est-ce qu'il n'est pas partout et tout dans les horizons merveilleux qu'il m'a découverts, lui, mon ange, mon saint, mon élu, mon aimé, mon âme ?... Oui, plus j'y réfléchis, plus je crois qu'à nous deux nous avions la même âme. Lui mort, il n'est pas sûr que je pourrai vivre.

Je me revois toute petite, à l'époque de son premier départ, en septembre 1870. C'était le soir, bien tard. Sous les grandes allées de marronniers, à

46

Charleville, la foule en tumulte
se pressait pour avoir des nouvelles de la guerre, et l'on ne
parlait, hélas ! que de défaites.
Tout à coup, au-dessus de toutes les rumeurs s'éleva un chant
mâle et solennel, vibrant appel
aux armes pour la patrie. Je
n'ai jamais su quels artistes
avaient, cette nuit-là, entonné
ces accents sublimes. Je n'avais
et n'ai depuis entendu rien
d'aussi beau, d'aussi émouvant.
Mais moi, petite, grain de poussière dans la foule, je n'appli-
quai pas ce chant à la France

en danger. La moitié de mon âme m'était ravie, partie avec Lui loin du foyer, de la sécurité ; et les sanglots de désespoir s'échappant de ma poitrine attestaient déjà l'énorme part de moi-même qui avait fui.

Depuis lors, je l'ai suivi partout à travers le monde, en pensée, en souffrance, en joie, sans y forcer ma volonté, presque malgré moi. Aux mauvais jours, quand il endurait le froid, la faim, je souffrais avec lui. Mon esprit anxieux ne pouvait se reposer nulle part.

Positivement, oui, je sentais une part de moi-même en détresse.

J'ai vécu de même des nuits d'égarement et de délire. Mon âme, offensée, pleurait. J'entendais des harmonies étranges, des bruissements mystérieux, Des visions vagues et douloureuses dansaient devant moi. Ces nuits là, des voiles de neige entouraient mes sens et mon imagination. Je ne saurais définir mes impressions. Je frissonnais et la fièvre me brûlait.

J'étais avec lui, dans le brouil-
lard gris ou le soleil pâle de
Londres, sous le ciel bleu
d'Italie, dans les neiges du
Saint-Gothard. Je suivais avec
lui les grandes routes. Nous
traversions des bois, des prai-
ries. Un mois durant, nous
avons erré dans l'atmosphère
brûlante de Java. Mes yeux
sont encore pleins des choses
et des paysages merveilleux
de ce pays. Je vois encore les
insulaires tout petits et jaunes
dans l'éblouissement de leur
campagne... J'étais encore à

côté de lui au cap de Bonne-
Espérance, quand l'horrible
tempête s'apprêtait à l'englou-
tir. Je fermais les yeux d'épou-
vante, ma tête se brisait :
j'étais sur le point de sombrer
aussi.

Et les retours ! Ah ! quelles
joies délirantes ! Le bonheur
de se retrouver entière et
parfaite, après avoir subi long-
temps l'absence de la meilleure
partie de soi-même ! Car il était
bien supérieur à moi ; il me
dominait, comme le plus beau
et le plus noble arbre de la

création dominerait le moindre des brins d'herbe. Mais il m'aimait tendrement ; et je m'étais attachée à lui telle qu'une petite poussière d'argent qu'un artiste divin aurait coulée dans le moule d'une colossale statue d'or.

Sans les avoir jamais lues, je connaissais ses œuvres. Je les avais pensées. Mais moi, infime, je n'aurais pu les exprimer dans son verbe magique. J'admirais et je comprenais : voilà tout.

Je suis sortie de l'enfance
comme il entrait dans l'âge
viril. Nous possédions la plé-
nitude de notre force physique
et de nos facultés intellectuel-
les. Alors, la destinée nous a
séparés. Des milliers de kilo-
mètres s'allongèrent entre lui
et moi.

Chacun de nous avait, sépa-
rément, à poursuivre le bien et
le beau, l'honneur du présent
et la sécurité de l'avenir. Nous
avions, lui comme homme,
moi comme femme, des aspirations modestes et saintes, les

premières et juvéniles ambitions s'étaient éteintes. Nous voulions tout bonnement avoir le droit de vivre en plein soleil, dans les champs sacrés de la famille, de la dignité, du devoir.

Onze années consécutives, nous avons poursuivi notre but sans défaillir un instant, si occupés chacun de notre côté que, sans nous oublier, nous nous parlions à peine, de loin. Personne au monde n'a fait l'effort que nous avons fait ; personne n'a eu notre persé-

vérance, notre courage. Les
fatigues corporelles que nous
avons l'un et l'autre endurées
sont inouïes, en dehors des
ordinaires possibilités humai-
nes. Les transes morales sous
lesquelles nous avons vécu
n'ont jamais été subies aussi
courageusement par les autres
mortels. Toujours nous avons
travaillé sans faiblesse, sans
hésitation, sans nous permet-
tre la moindre distraction, le
plus petit relâchement. Nous
n'avons goûté ancun des plaisirs dont ne se privent pas les

jeunes gens. Aucune existence
n'a été aussi austère que la
nôtre. Les Carmélites, les Trap-
pistes ont plus de jouissances
que nous ne nous en sommes
donné. Et ce n'était ni par
sauvagerie, ni par avarice que
nous menions ce genre de vie.
C'était parce que nous étions
absorbés par la vision du but
saint et noble, et nous concen-
trions tous nos efforts vers ce
but. Nous avons été bons, cha-
ritables, généreux. Nous ne
pouvions voir la misère et
l'infortune sans nous apitoyer

et sans les secourir dans la mesure de nos forces. Nous étions probes. Que celui à qui nous avons fait tort volontairement se lève et nous jette la pierre !

Nous croyions à la vertu des autres, parce que la nôtre était inébranlable ; et nous ne pouvions soupçonner que ceux-là mêmes qui auraient dû nous aider, nous soutenir et nous aimer, pouvaient nous trahir, nous mentir et nous briser. Nous avions horreur du mensonge, et nous aimions, oui, nous aimions notre prochain comme nous-mêmes. Ah ! nous étions bien naïfs pour le siècle… Mais, taisons-nous, ne nous amollissons pas ! Ce que nous avons cru et fait est bien. Et, s'il fallait recommencer la vie, nous agirions encore de même.

Tel un palais splendide qu'un architecte au génie unique aurait édifié pierre à pierre, avec un amour et une persévérance merveilleux, et qui, arrivé au faîte, tandis qu'il attacherait à la coupole le dernier emblème

doré, se croyant, par une édifi-
cation aussi glorieuse, à l'abri
des secousses de la vie, senti-
rait tout à coup s'écrouler l'œu-
vre l'ensevelissant sous des
monceaux de matières pré-
cieuses : telles nos espérances
et tel notre avenir se sont bri-
sés soudainement ! Le monu-
ment élevé avec tant de peine
et de soins s'est effondré sur
nos têtes, et nous voici blessés
à mort parmi les décombres...
Implacable dérision !... Ç'a été
le naufrage dans le port ; la
foudre qui détruit en un clin

d'œil la cathédrale que des générations ont laborieusement terminée ; la grêle qui, au premier jour de la moisson, saccage en un instant les trésors amassés par le soleil et les rosées de toute une année. Jeunesse, travail, prospérité, santé, vie, tout est perdu, tout est fini...

Et c'est ainsi que, à mille lieues de distance l'un de l'autre, lui dans un pays de nègres, sous un soleil d'or et des ombrages enchantés, moi dans une obscure et froide campagne

française, nous avons, presque
au même moment, à l'instant
précis où le but Saint allait
être enfin atteint, éprouvé, dans
un ordre différent et pour des
raisons différentes, l'anéantis-
sement irrémédiable de nos
radieux espoirs — pourtant si
légitimes. Pour nous deux, en
même temps, l'heure du Malheur, irrévocable, a sonné.

Roche, 1892.

Cet ouvrage
achevé d'imprimer le 25 février 1920
sur les presses de E. Durand, impri-
meur, 18, rue Séguier, Paris, pour le
compte de Camille Bloch, 366, rue
Saint-Honoré, a été tiré à 520 exem-
plaires : 20 sur vergé d'Arches à la
forme, numérotés de 1 à 20 et 500 sur
vélin de Rives numérotés de 21 à 520.

EXEMPLAIRE *réservé pour la Bibliothèque nationale.*